# 小王子

〔法〕聖埃克蘇佩里　著

馬振騁　譯

陳志堅　導讀

責任編輯　　　小王子

書籍設計　　　吳冠曼

書　　名　　小王子

著　　者　　〔法〕聖埃克蘇佩里

譯　　者　　馬振騁

導　　讀　　陳志堅

出　　版　　三聯書店（香港）有限公司

　　　　　　香港北角英皇道 499 號北角工業大廈 20 樓

　　　　　　Joint Publishing (H.K.) Co., Ltd.

　　　　　　20/F., North Point Industrial Building,

　　　　　　499 King's Road, North Point, Hong Kong

香港發行　　香港聯合書刊物流有限公司

　　　　　　香港新界荃灣德士古道 220-248 號 16 樓

印　　刷　　美雅印刷製本有限公司

　　　　　　香港九龍觀塘榮業街 6 號 4 樓 A 室

版　　次　　2001 年 7 月香港第一版第一次印刷

　　　　　　2020 年 8 月香港第二版第一次印刷

　　　　　　2023 年 10 月香港第二版第三次印刷

規　　格　　特 32 開（105 mm × 165 mm）132 面

國際書號　　ISBN 978-962-04-4689-4

本書原由人民文學出版社有限公司以書名《小王子》出版，經由原出
版者授權本公司在港台海外地區出版發行中文繁體字本。

# 再版説明

　　"三聯文庫"自一九九八年出版，遴選中外文學代表作，包羅古今文類。文庫前後收錄小説、詩詞、散文、戲劇、翻譯作品等八十二種，為讀者提供豐盛的文學滋養，有利於讀者輕鬆閲讀、欣賞經典。

　　文庫初版時值本店成立五十週年，如今本店已逾從心之年，故將重版本文庫以作紀念。為滿足大眾讀者需求，是次再版仍維持優惠的定價，設計則凸顯書本手感與閲讀內文的舒適度，更特邀資深中文科老師、作家撰寫導讀，引導讀者品賞名作。

　　為保全作品原貌，編輯不對原書內文作明顯改動，只修訂部分文字、標點、注釋資料等錯處，以示尊重。雖經細緻校正，惟編輯水平所限，錯漏難免，懇請讀者指正。

三聯書店（香港）有限公司
出版部
二〇二〇年一月

# 目錄

# 導讀

陳志堅

聖埃克蘇佩里的《小王子》是膾炙人口的世界名著，至今翻譯為二百多種語言，全球印刷量僅在《聖經》等宗教書籍之下，顯然，本書的兒童視角吸引了不同年齡層的讀者，固然對書中的主題產生了不同層面的解讀。本書藉著隱喻式的表達呈現出對現世人性的書寫，豐富的象徵意義雖不完全等同於黑格爾的藝術象徵意義般，然而在追求形式表現與內容統一上卻是相類的。聖埃克蘇佩里塑造了純粹和自足的小王子，藉着他道出對童真價值的追求，來呈現怎樣還原人類本質與原貌的意圖，而基於各種看似是小孩與大人交疊的外在形式，從而透析出對人生的沉澱與人格的省悟和覺醒。

聖埃克蘇佩里本是一名駕駛員，一九三五年他與友人機師駕駛飛機意外墜落在撒哈拉沙漠，二人在沙漠裡三天，只得少量食糧，至第四天得阿拉伯遊牧民拯救，這件事遂成為《小王子》的起始。至於小王子的原型，有說是他前往莫斯科時在大車上瞥見一張熟睡的童臉，亦有說是作者友人之子，惟從聖埃克蘇佩里對妻子康蘇艾蘿的態度，小王子掛念玫瑰花，視之為獨一無二，不難理解小王子根本就是聖埃克蘇佩里自己的投射，而玫瑰花就是他太太，"一個人一旦做出選擇，就會滿足於自己生活中的偶然，就會去愛自己的選擇，就會受制於偶然，不如愛情"。（《夜間飛行》）

《小王子》看來就像一本童書，"我樂於把這個故事的開頭寫得像篇童話"，然而，書中的隱喻卻並非每個成年人能夠理解，正如《小王子》"獻詞"中說："每個大人都是從做孩子開始的。（然而，記得這事的又有幾個呢？）"讀這書而看不出隱喻的人，就像是人只看見帽子，而看不見正在吞噬一頭大象的蟒蛇，這種人最終總無法理解聖埃克蘇佩里對人生的體會，這些"大人"只在做自以認為的"正經事"，事實上大人除了對"數字"有興趣，對其他事情也沒有興趣了。的確，"大人真是怪"，就像是"紅臉先生"，

"他從來沒有嗅過一朵花，從來沒有望過一顆星星，從來沒有愛過一個人，除了加法以外，從來沒做過別的事"。他只在做"正經人"，而在這世上這類人何其多，可原來，這種人只是個"蘑菇"。無怪乎作者說："只是我不喜歡人家不當一回事地讀我這本書。"

還不止這樣，小王子還在不同星球認識了以下幾類人，分別是：沒有任何臣民卻在發施號令，只為享受權力的國王；強迫人崇拜他又裝出有禮的虛榮人；以酗酒來忘卻羞恥的矛盾者；貪婪地想佔有各個星星的生意人；墨守成規卻又懶於執行命令的點燈人；還有就是永遠離不開自己辦公室，只願坐享其成的地理學家。這六個星球上的人似乎在現世裡比比皆是，不論任何民族、國籍與地域皆可看見這些大人的蹤跡，盧梭在《社會契約論》說，"人是生而自由的，但卻常困在枷鎖之中。自以為是其他一切人的主人，反比其他一切人更是奴隸"。果然，"大人真是怪"。無怪乎盧梭在《愛彌兒》中指出："十歲受誘於餅乾，二十歲受誘於情人，三十歲受誘於快樂，四十歲受誘於野心，五十歲受誘於貪婪。人，到底何年何月才會只追求睿智？"人類似乎沒有追求智慧的時間，否則，世上應有更多盧梭的《懺悔錄》的出現，亦會有更多人不僅只看見一頂平平無奇的帽子。

基於聖埃克蘇佩里在沙漠中的日子，讓他體會到人世就是如此孤獨的。"你知道……人憂傷的時候喜歡看太陽下山……"而且，"有一天，我看了四十三次太陽下山"。（法國版《小王子》修改為四十四次日落，以紀念聖埃克蘇佩里四十四歲時離開地球，返回自己專屬的星球去。）當一個人在生活裡無法找到自己的自處與定位，內心的孤獨就像使人失去了本質，"他們匆匆忙忙，在找甚麼"？卻原來是，"車頭上的人自己也不知道"。卡夫卡說："儘管人群擁擠，每個人都是沉默的、孤獨的。對世界和自己的評價不能正確地交錯吻合。我們不是生活在被毀壞的世界裡，而是生活在錯亂的世界裡。"《小王子》所書寫的就是這樣一個錯亂的世代，胡晴舫說："《小王子》、《風沙星辰》、《夜間飛行》……三本書描繪了一幅聖修伯里（即聖埃克蘇佩里）身處的世界的圖像，那不僅是一個由風沙星辰構成的自然世界，也是一個道德混亂、文明衝突的複雜時代。”而在這個複雜的世代裡，人就是其中最複雜和最反智的生物，有時，他們就像活在比群居雜食更壞的世界裡，我們就會懂得聖埃克蘇佩里所說：“任何行業之偉大，或許首先就在於它讓人聚在一起；世上只有一種真正的奢侈，那就是人與人的關係”。(《風沙星辰》) 故此，《小王子》似乎在為我們這個世代提供了一個出口，無論我們身處在沙漠、空中、玫瑰園，還有海港，在我們身邊的無論是老虎、綿羊、狐狸、風，還是星星，“對人類而言，真理就是使他成為人的東西”。(《風沙星辰》)

　　狐狸就像是小王子身邊的智者，告訴小王子怎樣看這個世界，“用心去看才看得清楚，本質的東西眼睛是看不見的”。若有機會抬頭仰望星空，用心看才可看得見獨一無二的星體，在五千朵玫瑰花中，用心發現才會懂得一直以來的那朵玫瑰才是獨一無二的。所以，小王子說“要是有個人愛上了億萬顆星星中僅有的一朵花，他望望星空就覺得幸福。”而在《小王子》裡，狐狸告訴我們，“你要是馴養我，咱們倆就會相互需要，你對我是世上唯一的，我對你也是世上唯一的……」。在自我中心的世代裡，權力、虛榮、錢財都是許多人甘願佔有的東西，惟人類往往忘記了原來愛的關係的建立才是維繫彼此的基礎，就像《小王子》中所說的「儀式」一樣，「現實，就像宗教儀式，看似荒謬，卻可以製造一個人」。（《夜間飛行》）托爾斯泰說：「心靈純潔的人，生活充滿甜蜜和幸福。」這種彼此的真摯相處是人類已經忽略了的生命價值，反而四圍的謾罵與輕蔑彷彿成為生活日常，狐狸說：「語言是誤會的源泉。」就是這個意思。

《小王子》告訴我們「馴養」是相處裡面的精髓，若認為對方是獨一無二的，那麼必須有馴服於對方的表現，而且還要著重「責任」。「你們漂亮，但是空的……單是她一朵也比你們全體都寶貴，因為我給她澆過水……因為這是我們玫瑰花。」所以狐狸說：「對你馴養的東西你要永遠負責，你必須對你的玫瑰花負責。」就是這種精神，聖埃克蘇佩里於一九四三年決意加入盟軍，駕駛偵察機飛向敵陣，從科西嘉島附近起飛，從此失去蹤影。

《小王子》是不可多得的著作，《紐約時報》評論《小王子》說："沒有一位作家可與聖埃克蘇佩里相提並論，無論是重現對空中飛行的感動，抑或轉化而來的詩意境界"。這種詩意境界，胡晴舫的形容是："看見了作者的生命歷程如何淬煉了他的寫作，他的思想如何像一塊外太空飛來的隕石，原本有棱有角，經過日月磨練，吸收天地精華，風吹雨淋，逐漸磨成一塊渾圓無瑕的玉石。"大概《小王子》就是如此一部剖析人性的本質與指向的著作，不論是什麼年代，也堪閱讀。

# 前言

　　聖埃克蘇佩里（1900-1944）稱自己首先是飛行員。他為飛機而生，為飛機而死。法國把他看作是作家、民族英雄，在他逝世五十週年之際把他的肖像印在五十法郎的票面上，在法國紙幣史上，獲這項殊榮的文化名人不多，只有伏爾泰、莫里哀、柏遼茲。對全世界的大小讀者來說，他的盛名來自《小王子》。這篇二十世紀流傳最廣的童話，從一九四三年發表以來，已譯成一百多種語言，其中包括印度羣島的土語和印度土邦的地方語，銷售量達兩千五百萬冊，還被拍成電影，搬上舞台，灌成唱片，做成 CD 盤。

　　一九九四年是聖埃克蘇佩里失蹤五十年紀念日，從摩洛哥到日本有一百多個隆重活動，今年二〇〇〇年是他誕生一百週年。

　　聖埃克蘇佩里若不是飛行員，當然也會寫作，但不會是現在這樣的作家。他有意識地把飛機座艙當做書房，飛機是他認識世界的工具，就像農民用鐵犁，木工用刨子，天文學家用望遠鏡，在勞動中逐漸窺探到世界的秘密，然而他們在各領域挖掘到的真理卻是無處不在的。聖埃克蘇佩里的作品字字句句可以說是他一生的思想寫照與行動實錄。他在黑夜中期待黎明，在滿天亂雲中嚮往中途站，在璀璨星空中尋找自己的星球——生的喜悅，這是這麼單純。

聖埃克蘇佩里一九○○年生於法國的一個沒落貴族家庭，幼時聰明愛動，寫詩歌，擺弄機械，好遐想，功課平平。青年時服兵役參加了空軍，復員後在航空公司工作。在原始的條件下，與航空史的先驅人物如梅爾英茲、吉約梅一起開拓法國——非洲——南美洲航線。生活在西撒哈拉敵對的阿拉伯部落中間，為迫降的飛機提供接應和支援；作為特派記者採訪內戰時期的西班牙和斯大林時期的蘇聯，深入德國內地觀察納粹黨喧囂一時的第三帝國。他獲得過十三項航空科技發明專利；當空軍飛行員時經歷過法國一九四○年大潰退；四十三歲時超齡八年，堅持披掛上陣，駕駛偵察機飛赴敵方陣地上空。一九四四年七月三十一日，從同盟國駐地科西嘉島東北的博爾戈起飛執行任務，鑽入雲端後就此失去了蹤影。

　　事情已經過去五十多年，雖經多方努力調查，法國甚至還組織了一個追蹤聖埃克蘇佩里委員會，既沒找到屍體也沒發現飛機殘骸。一九九二年一度盛傳在尼斯附近天使灣海底發現一架飛機殘骸，很可能是聖埃克蘇佩里當年最後一次駕駛的 P38 戰鬥機，最後證明不是。那年聖埃克蘇佩里的家族成員明確表示，無論在什麼地方找到聖埃克蘇佩里的遺骸，都不遷葬，讓它留在原地，那是他最理想的歸宿。正如睿智的蒙田應該死在牀上，激情的莫里哀應該死在舞台上，浪漫的拜倫應該死在希臘戰場上，他——聖埃克蘇佩里——應該死在空中。

　　聖埃克蘇佩里的作品如《夜航》、《人的大地》初次出現時，他那些雄奇壯麗、非親身經歷絕對描寫不出的情景，使讀者感到耳目一新，驚心動魄。在行動中追求新的人生價值和行為準則；逃出沙漠，飛入雷雨交加的黑夜，在蒼穹中絕望地找尋自己的星星，無論文筆與題材都富於現代性。

一九三五年，他在前往莫斯科途中的火車上，在宵燈下看到一個睡夢中的孩子，他可愛的臉蛋使他想到孩子個個應該是童年莫扎特、傳奇中的王子，若得到培育做什麼不成！同一年十二月，聖埃克蘇佩里和一名機械師試圖創造巴黎——西貢直飛記錄，在離開羅二百公里的沙漠上空迷失方向，正俯身在機翼下尋找幽靈般的航標時撞上了一個斜坡。在死亡線上掙扎了三天，幸遇一個阿拉伯牧民救了他們。這兩件事成了《小王子》故事的經緯線。

那時以後，聖埃克蘇佩里喜歡在餐館、咖啡酒吧的提花餐巾紙上，任意塗抹一個 "孤獨的小人兒"，有時戴一頂王冠坐在雲端裡，有時站在山巔上，有時欣賞蝴蝶在花間飛舞。他寄給親友的信箋四周也會寥寥幾筆畫個小人像，猶如他的簽名，一眼就知道是誰寫的。

《人的大地》發表於一九三九年，獲得法蘭西學院小說大獎，譯成英語後以《風、沙與星星》書名在美國出版，被譽為當年最佳外國文學作品。聖埃克蘇佩里於是在美國也很有名聲，這使他在法德簽訂停戰協定後想去美國尋找機會繼續抗擊納粹。紐約是法國流亡者大本營，卻分成誓不兩立的派別——維希派和戴高樂派。他主張"法國高於一切"，要兩派捐棄前嫌，共同對敵，遭到兩方面的夾攻。他感到孤獨無奈。

他生活在紐約，得到美國朋友很好的接待，但是他不喜歡紐約，不欣賞紐約人的生活方式，尤其譴責美國人當時企圖置身事外的孤立主義政策。

一天，在紐約一家酒館，美國出版家希區柯克看他在畫小人兒，瞧了又瞧，說你為什麼不給他寫本書呢。這句話觸動了聖埃克蘇佩里的靈機，他索性超越國界，超越戰爭與和平，從人類的生存來對待正在發展的物質文明，寫出了《小王子》這部書。

《小王子》一九四三年在美國出版，使評論界和讀者都感到意外，一直寫飛機的聖埃克蘇佩里寫了一篇童話；全世界烽火連天，血肉橫飛，這個在虛無縹緲中的小王子想跟大家說什麼呢？小王子與他的玫瑰花的故事又是怎麼一回事？

現代大工業蓬勃發展，社會生活日趨物質化，使人時時刻刻感到威脅，原有的身份逐漸失去，成為大機器中不由自主的零件。短短幾萬字的《小王子》是聖埃克蘇佩里哲學思想的詩情總結。《小王子》用童話形式寫成，但是其中的深意又決不是兒童單獨能夠理解的，如果小孩要看，拉着大人講給他聽，大人在講的時候也會找到自己失去的東西。這樣促成大人小孩一齊看，就像在書的第四章說的："我樂於把這個故事的開頭寫得像篇童話。……只是我不喜歡人家不當一回事地讀我這本書。"

其實，我們可以把《小王子》裡那幾句俏皮的獻詞看作是書的鑰匙。聖埃克蘇佩里把書獻給最要好的朋友，這個朋友雖是個大人，還保持一顆童心，懂得人生的艱辛。他有重要信息通過他傳達給不懂事的大人："蟒蛇吞了大象。" 那時正是法西斯猖狂地要征服世界，但是大人們沒有一個懂得……從這裡展開一個個隱喻，要大家明白地球很小，花兒很脆弱，就像人的出現是宇宙間各種條件奇跡般的湊合；羊要吃花朵，人雖給羊配上了嘴套，還是難免會有疏忽，更何況嘴套上又忘了配一根皮帶可以繫上……這一切使人讀了感到責任，拯救文明需要每個人的努力。

聖埃克蘇佩里用小學生也能讀懂的語言，接觸到人類最重大的問題，背景又放在無邊無際、純潔一片的黃沙前，滿篇氛圍似真非真，似夢非夢，迷蒙含蓄。他還自己畫上雅拙的插圖，空靈別致。最後一幅是兩條交叉的彎線上一顆星星，這是小王子在地球上出現後又消失的地方。在他看來是世界上最美也最淒涼的景色。聖埃克蘇佩里畫完以後，過了一年自己也像小王子那樣消失了，"一點聲息沒有"，留下一個謎，一個問題，一個懸念。像斷了的夢。

馬振騁　二〇〇〇年二月二十日

# 獻給萊翁・維爾特

　　請孩子們原諒我把這本書獻給了一個大人。我有一條正當的理由：這個大人是我在世界上最好的朋友。我另有一條理由：這個大人什麼都懂，即使兒童讀物也懂。我還有第三條理由：這個大人住在法國，忍凍挨餓。他很需要有人安慰。要是這些理由還不夠充分，我就把這本書獻給這個大人曾經做過的孩子。每個大人都是從做孩子開始的。（然而，記得這事的又有幾個呢？）因此，我把我的獻詞改為：

　　獻給童年時代的萊翁・維爾特。

# 一

　　我六歲的時候，有一回看到一幅壯麗的圖畫，登載在一本描寫原始森林的書中，書名叫《親身經歷的故事》。畫的是蟒蛇吞野獸。下面是這幅畫的摹本：

　　書中說："蟒蛇捕到獵物，一口不嚼，囫圇吞下，然後不再游動，睡上六個月把它消化。"我於是對叢林中的種種獵奇反復思索，拿起一支彩色筆，也畫成了我的第一張畫。我的作品一號。原作如下：

　　我給大人看我的傑作，還問他們看了我的畫怕不怕。

　　他們回答說："一頂帽子有什麼可怕的？"

　　我畫的不是一頂帽子。是一條正在消化大象的蟒蛇。為了讓大人們看懂，我又補畫了蛇的內部。大人們總要人給他們解釋。我的作品二號是這樣的：

　　大人們勸我別畫什麼剖視的或不剖視的蟒蛇圖，把心思用到地理、歷史、算術和語法上去。我就是在六歲的時候，一個光輝的畫家生涯中輟了。我的作品一號、作品二號沒有獲得成功，使我心灰意懶。大人們自個兒什麼都不懂，要一遍又一遍地給他們解釋，真夠孩子們累的。

我不得不另選一個職業，學上了駕駛飛機。我在世界各地到處飛行。地理確實幫了我的大忙。我一眼就可區別中國和亞利桑那[1]。夜裡迷了路，這是非常有用的。

我一生中跟許許多多的正經人有過許許多多的接觸。我在大人中間生活了很久，對他們進行過深入的觀察。這並沒有改進多少我對他們的看法。

我始終把作品一號留着，遇上一個我看來頭腦略為清醒的大人，就用圖畫考驗他。我要瞭解他是不是真的懂事。但是沒一回他們不是回答："這是一頂帽子。"於是我不跟他談蟒蛇，談原始森林，談星星。我遷就他。我跟他談橋牌、高爾夫球、政治和領帶。大人很高興，結交了一個如此明白事理的人。

**注釋**

1　亞利桑那，美國的一個州。

# 二

我就是這樣在生活中落落寡合，找不到一個說話投機的人，直到六年前遇到一次故障，降落在撒哈拉沙漠。發動機裡的什麼出了毛病。身邊沒有機械師，沒有乘客，我準備靠自己去完成一項困難的修理工作。這對我是樁生死攸關的事。我帶的水，勉強夠喝一個星期。

第一夜，我在沙地上睡着了，遠離人煙一千里外，比大洋中乘小舟漂泊的遇難者還孤獨。天蒙蒙亮，當一個奇怪的小聲音把我喚醒時，你們想像我是多麼驚奇。這個聲音說：

"請你……給我畫一隻綿羊！"

"嗯！"

"給我畫一隻綿羊……"

我跳起身，像遭了雷擊。我把眼睛揉了又揉，要瞧個仔細。我看到一個見所未見的孩子，神情嚴肅地望着我。下面是我後來給他畫得最成功的一幅肖像。不過，我的作品，說實在的，遠遠不及他本人可愛。這不是我的錯。我的畫家生涯是在六歲的時候被大人斷送的。我從來沒有畫過別的,除了那兩張剖視的和不剖視的蟒蛇圖。

我兩眼圓睜,望着這次顯靈不勝驚訝。別忘了,我遠離人煙一千里外。我的小人兒既不像迷了路,也不像要累死、餓死、渴死、怕死的樣子。外表上決不是個走在沙漠中心、遠離人煙一千里外的孩子。終於能夠開口時,我對他說:

"不過……你在這裡幹什麼?"他慢悠悠地又說了一遍,彷彿這是樁非常正經的事情:

"請你……給我畫一隻綿羊……"

當奇跡過於動人心魄時,誰敢不照着辦呢。儘管遠離人煙一千里,處在死亡的威脅下,這件事看來有多麼荒謬,我還是從口袋裡掏出一張紙、一支鋼筆。但是,我過去主要學地理、歷史、算術和語法,想到這裡,我(沒好氣地)對小人兒說我不會。他回答說:

"沒關係。給我畫一隻綿羊。"

我從來不曾畫過綿羊,只會畫兩張畫,就把其中一張給他重畫了一遍。就是那張不剖視的蟒蛇圖。聽了小人兒的回答,我傻了眼:

"不！不！我不要蟒蛇吞大象。一條蟒蛇，太危險。一頭大象，又太佔地方。我家才一丁點兒大。我要的是一隻綿羊。給我畫一隻綿羊。"

我畫了起來。

他仔細看了一眼，然後說：

"不！這一隻病得很厲害。給我另畫一隻。"

我又畫。

我的朋友露出善意的微笑，寬容地說：

"你看……這不是一隻小羊，是一隻大公羊。牠有角……"

我又重新畫了一張。

像前幾張一樣遭到拒絕：

"這隻太老了。我要一隻綿羊，可以活很久。"

因為急於動手拆卸我的發動機，我不勝其煩，塗下了這一張。

然後嚷嚷說：

"這是箱子。你要的綿羊在裡邊。"

但是令我驚奇的是我的小法官居然笑逐顏開：

"我要的正是這個！你說要給這隻羊備上很多草料嗎？"

"問這個幹嗎？"

"因為我的家才一丁點兒大……"

"肯定夠的。我給你的綿羊也一丁點兒大。"

他低下頭看畫：

"不那麼小吧……咦！他睡熟了……"

我就這樣認識了小王子。

# 三

我過了好久才明白他從哪兒來的。小王子向我提了許多問題，對我向他提的問題則像沒聽見似的。那些話都是在不經意時說的，三三兩兩，終於向我洩露了他的底細。比如說，他第一次看見我的飛機（飛機我就不畫了，那麼複雜，不是我能勝任的），問我：

"這是什麼東西？"

"這不是一樣東西。它會飛。這是一架飛機。我的飛機。"

我自豪地告訴他我會飛。他叫了起來：

"怎麼！你從天上掉下來的？"

"是的，" 我謙虛地回答。

"啊！這真怪……"

小王子發出清脆動聽的笑聲，我聽了老大不高興。我希望人家不要拿我的不幸打哈哈。他接着又說：

"這麼說來，你也是從天上來的囉！你住哪

顆星球？”立刻，對他的神秘降臨，我看到了一點眉目。我冷不防地問他：

“你從另一顆星球來的吧？”

但是，他不回答我。他望着我的飛機，慢慢點頭：

“說真的，乘着這個，你來的地方不會太遠……”

他長久地陷入沉思。然後，從口袋裡掏出我的綿羊，獸獸地望着他的寶物，出了神。


聽了“其他星球”這句欲言又止的知心話，會引動我多大的好奇心，你們是可以想像的。我千方百計要探聽虛實。

“你從哪兒來的，我的小朋友？‘你的家’在哪裡？你要把我的綿羊牽到什麼地方去？”

他想了一會兒，回答說：

“你給了我一隻箱子，很好，到了夜裡，可以給羊當屋子住。”

“當然，你要是乖，我還給你一根繩，白天把羊拴住。再給你一根木樁。”

這個建議好像觸犯了小王子：

"把牠拴住？你的想法真怪！"

"羊不拴住，會到處亂跑。會走丟的……"

我的朋友又發出清脆的笑聲：

"你要羊往哪兒跑？"

"哪兒都行。一直往前……"

這時，小王子認真指出說：

"這沒關係，我那個地方，一丁點兒大！"

可是也有點悶悶不樂地加上一句：

"一直往前，也走不了多遠的……"

# 四

　　我就是這樣瞭解到第二件大事：他出生的星球比一幢房子大不了多少！

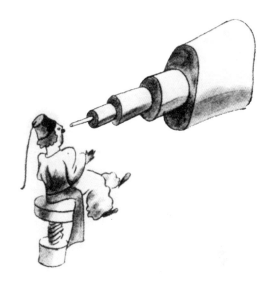

　　這倒並不叫我驚奇。我知道，除了有名有姓的大星球：地球、木星、火星、金星等以外，還有成千上萬的星球，小得連望遠鏡也很難觀測。

天文學家發現一顆星，編個號碼作為名字。比如叫："小行星 3251 號"。

我有根有據地相信，小王子來的那顆星球是小行星 B612 號。這顆小行星只是在一九〇九年，讓一位土耳其天文學家在望遠鏡裡窺見過一回。

在一次國際天文會議上，他把自己的發現論證了一番。但是，由於他穿的那套衣服，沒有人肯相信他。大人就是這個樣。

幸而，為了維護小行星 B612 號的聲譽，一個土耳其獨裁者強制他的老百姓改穿歐洲服裝，否則按死罪論處。這位天文學家在一九二〇年，

身穿一套雅緻的西服，又做了一番論證。這次，
大家附和了他的意見。

　　我所以說出小行星 B612 號的來龍去脈，透
露了它的編號，是為了那些大人。大人喜歡數
字。你跟他們談起一位新朋友，他們決不會問
本質的東西。他們不會對你說："他的聲音怎麼
樣？他愛好什麼遊戲？他蒐不蒐集蝴蝶？"而是
問："他歲數多大？幾個兄弟？體重多少？他父
親掙多少錢？"這樣問過以後，他們認為對他有
所瞭解了。如果你對大人說："我看到一幢漂亮
的房子，紅磚砌的，窗前有天竺葵，屋頂上有鴿
子……"他們想像不出這幢房子是什麼樣的。要

是說："我看到一幢房子，價值十萬法郎。" 他們會驚呼："多漂亮呀！"

因而，你對他們說："從前有過一位小王子，證據是他長得很可愛，喜歡笑，要一隻綿羊。一個人要綿羊，就是他存在的明證。" 他們會聳聳肩，把你當作孩子看待！但是，你對他們說："他來的那顆星球是小行星 B612 號。" 他們就深信不疑，不會再用他們的問題跟你糾纏了。他們就是這個樣。不應該怪他們。孩子對大人應該寬宏大量。

當然，我們這些理解生活的人，才不把數字放在眼裡呢！我樂於把這個故事的開頭寫得像篇童話。我願意說："從前，有一位小王子，住在一顆比自己大不了多少的星球上，需要一位朋友……" 對於理解生活的人來說，這樣會真實得多。

只是我不喜歡人家不當一回事地讀我這本書。我提起這些往事，感到非常憂傷。我的朋友領了他的綿羊離開已經六年了。我在這裡描述他，是為了不忘記他。把朋友忘了是樁傷心事。並不是人人都有過朋友的。我也可能變得像個大人，除數字以外對什麼都不感興趣。就為了這個原因，我買了一盒顏料，幾支鉛筆。在我現在這個年齡重執畫筆，可不容易，況且以前沒有嘗試過畫別的，除了一張剖視的蟒蛇和一張不剖視的蟒蛇，還是在六歲的時候！當然，我會努力畫幾幅逼真的肖像。但是成功不成功，我沒多大把握。有時一幅畫得還可以，另一幅卻畫得不像了。我對他的身材也記不真切。這幅畫上，小王子太高。那幅畫上，又太矮。我對他的衣服顏色也說不準。於是我信手塗抹，摸索出個大概。我對某些較重要的細部也可能弄錯。但是對這一切，大家應該諒解。我的朋友從來不作解釋。他可能以為我和他一樣。但是我，不幸得很，不會透過箱子看到裡面的綿羊。我也許有點像大人了。我一定老了。

# 五

　　每天，我瞭解到一些關於他的星球，關於啓程、遊歷的情況。這是逐漸思索來的，想到哪裡說到哪裡。就這樣，在第三天，我聽到了猴麵包樹的故事。

　　這次，也是由綿羊引起的，因為小王子突然問我，好似疑慮重重：

　　"綿羊吃灌木，這是真的嗎？"

　　"是的。這是真的。"

　　"啊！我很高興。"

　　我不明白，為什麼綿羊吃灌木有這麼重要。但是小王子又說：

　　"這樣說來，綿羊也吃猴麵包樹啦？"

　　我提醒小王子，猴麵包樹不是灌木，而是教堂一樣巍峨的大樹，即使他帶了一羣大象，這羣大象也啃不掉一棵猴麵包樹。

　　提到象羣，小王子笑了：

　　"那得把牠們一個個摞起來嘍……"但是他

明智地指出：

"猴麵包樹在長大以前還是很小的。"

"這話不錯！但是你為什麼要你的綿羊去吃初生的猴麵包樹呢？"

他回答我說："哦！那還用說！" 彷彿這事不說自明。要我自個兒去理解這個問題，着實動了一番腦筋。

是的，在小王子的星球上，如在任何星球上一樣，有益草，也有毒草。從而，有長益草的好種，也有長毒草的孬種。但是種子是看不出來的。它們沉睡在土地的深處，直到其中一顆不知怎的要醒了……於是，它伸伸懶腰，羞答答地朝太陽鑽出一枝玲瓏可愛、與世無爭的幼苗。若是蘿蔔或是玫瑰的枝條,可以任它茁長。若是一株有害的植物,一認出就得馬上拔掉。小王子的星球上埋着可怕的種子⋯⋯這是猴麵包樹的種子。星球的土壤內部到處都是。對猴麵包樹動手遲了,就永遠別想剔除乾淨。枝葉佈滿星球表面,樹根刺穿星球內臟。要是星球太小,猴麵包樹又太多,猴麵包樹會把星球撐破的。

"這是一個生活紀律問題," 小王子後來對我說。"一清早自己梳妝打扮結束,也應該給星球梳妝打扮。猴麵包樹剛長出的時候,跟玫瑰樹十分相像，一旦認出後就要定時強制自己把它們拔掉。這工作枯燥無味，但也很簡單。"

一天，他勸我認認真真畫一張，好讓我們那裡的孩子牢記不忘。他對我說："他們今後外出旅行，就用得上。有時工作耽誤一點不會引起後果。要是涉及到猴麵包樹，必然造成一場災難。我知道有一顆星球上住着一個懶漢。他漏過了三株灌木……"

在小王子的指點下，我畫成了這個星球。我不喜歡用倫理學家的口吻說話。可是，認識到猴麵包樹危險性的人那麼少，小行星上迷路人遇到的風險又那麼大，我這人向來拘謹，這次卻一反常態，大聲疾呼："孩子們！要當心猴麵包樹！"為了告誡朋友，提防我長期面臨而又木然不知的危險，我拿這張畫畫了很久很久。我公之於眾的教訓是值得我這般認真的。你們或許會納悶："這本書裡其他幾張畫，為什麼都不及猴麵包樹這張有氣勢？"回答很簡單：我也想畫好，但是沒有成功。可是畫猴麵包樹的時候，我感到憂心如焚。

# 六

啊！小王子！我就這樣漸漸明白你過着憂鬱的小日子。很長一段時期，你惟一的消遣是欣賞夕陽的清輝。我知道這件新鮮的小事，是在第四天早晨，那時你對我說：

"我喜歡看太陽下山。我們一起去看一次吧。"

"但是要等……"

"等什麼？"

"等太陽下山。"

你起先顯得非常驚訝，後來又自個兒笑了。你對我說：

"我一直以為在自己家裡呢！"

不錯。在美國時當正午，在法國一眾所周知—恰值夕陽西下。要是能夠在一分鐘內趕到法國，當然可以觀看日落。不幸，法國太遠了。但是，在你那個一丁點兒大的星球上，你把椅子移動幾步就可以了。你哪時想看，哪時就可望見黃昏的餘暉⋯⋯

　　"有一天，我看了四十三次太陽下山！"

　　過了一會兒，你又說：

　　"你知道⋯⋯人憂傷的時候喜歡看太陽下山
⋯⋯"

　　"四十三次的那天，你確是那麼憂傷嗎？"

　　但是小王子沒有回答。

# 七

第五天，還是虧了那隻綿羊，才洩露了小王子的生活秘密。他忽然直截了當地問我，像對一個問題默默思考了很久：

"綿羊吃灌木，當然也會吃花囉！"

"綿羊遇上什麼吃什麼。"

"帶刺的花也吃？"

"是的，帶刺的花也吃。"

"那刺長了幹什麼用的？"

我不知道。我那時忙於把發動機上扣得緊緊的螺栓擰下來。我十分擔憂，故障看來非常嚴重，飲用水也日益耗盡，叫我感到大難臨頭了。

"那刺長了幹什麼用的？"

小王子一旦提出一個問題，從不放棄。我正被螺栓弄得心煩意亂，隨口說：

"刺長了沒什麼用，完全是花的心眼兒壞！"

"哦！"

沉默了一會兒，他帶點怨恨地衝着我說：

"你的話我不信！花是嬌弱的。她們天真，盡量給自己壯膽。她們長了刺以為可以把人家唬住。"

我沒理會。這時，我對自己說："螺栓要是再擰不下來，我一錘子把它砸了。" 又是小王子打斷了我的思路：

"你相信花會……"

"別煩了！別煩了！我什麼都不信！我是隨口回答的。我要忙我的正經事！"

他望着我愣住了。

"正經事！"

他看見我手裡攥個錘子，指頭上沾滿黑色油污，俯在一個在他看來醜陋不堪的玩意兒上。

"你說話像個大人！"

這句話說得我有點兒難為情。但是他無情地接着說：

"你就是說不清楚……你就是不會區分！"

他真的氣壞啦。一頭金髮在風中亂搖：

"我到過一顆星球，那裡有一位紅臉先生。他從來沒有嗅過一朵花。從來沒有望過一顆星星。從來沒有愛過一個人。除了加法以外，從來沒做過別的事。整天像你一樣反復說'我是個正經人！我是個正經人！'神氣活現，自命不凡。但他不是個人，是個蘑菇！"

"是個什麼？"

"是個蘑菇！"

小王子這時氣得面孔煞白。

"幾百萬年來，花身上長刺。幾百萬年來，羊還是吃花。花為什麼費那麼大工夫去長一些沒用的刺，弄明白這件事不正經嗎？羊與花要打仗，這不重要嗎？這不比紅臉胖子的加法更正經、更重要？如果我認識世上獨一無二的一朵花，哪兒都不長，只長在我的星球上，而一隻小綿羊，一天早晨像這個樣糊里糊塗的一下子把它毀了，這不重要嗎？"

他的臉紅了一下，接着說：

"要是有個人愛上了億萬顆星星中僅有的一朵花，他望望星空就覺得幸福。他對自己說：'我的花在那兒……'但是羊若把花吃了，對他來說，所有的星星都像忽地熄滅了！這個還不重要？"

他說不下去了。突然抽抽噎噎地哭了起來。

天早黑了。我扔下工具，也顧不得錘子、螺栓、口渴、死亡。在一顆星上，在一顆星球上，也就是在我的這個地球上，有一位小王子需要安慰！我把他摟在懷裡，搖他。對他說："你愛的那朵花不會有危險……我給你的綿羊畫一隻嘴套……我給你的花畫一副鎧甲……我……"我自己也不知所云了。我感到十分笨拙。不知道怎樣打動他，怎樣接近他……眼淚的王國太神秘了。

# 八

　　我很快學會了更好地去認識這朵花。在小王子的星球上，一直長着一些非常樸素花，花冠上只鑲一輪花瓣，不佔地方，不礙事。在草叢中朝開暮落。但是，不知從哪兒吹來的一顆種子，有一天抽出了芽，小王子密切注視這條與眾不同的嫩枝。可能是一棵新品種的猴麵包樹。但是枝條很快停止往上長，開始孕育花朵。小王子眼見它形成一隻大花蕾，感到從中會出現奇跡。但是這朵花躲在綠屋內，梳妝打扮沒有個完。她細心

選擇顏色，緩緩披上衣衫，把一枚枚花瓣整理梳齊。她不像虞美人那樣形容憔悴地就往外走。她要儀態萬方地來到世上。喔，是的。她非常愛俏！她躲着人梳妝了好多好多天。然後，一天早晨，恰在日出的時刻，她露面了。

她，精雕細琢了那麼久，卻打着哈欠說：

"啊！我剛醒哩⋯⋯原諒我⋯⋯還是蓬頭散髮的⋯⋯"

小王子那時抑制不住內心的傾慕：

"您真美！"

"是嗎，" 花兒輕聲細氣地回答，"我和太陽同時誕生⋯⋯"

小王子猜想她不很謙虛，可是它那麼動人！

"我相信這是進早餐的時間了，" 她馬上接着說，"勞駕給我⋯⋯"

小王子滿臉羞慚，去找了一壺清水奉獻給她。

這朵花虛榮多疑，不久把小王子折磨得很苦惱。比如說，有一天，提到自己的四根刺，她對小王子說：

"那些老虎會張牙舞爪撲過來的！"

"我的星球上沒有老虎，" 小王子表示不以為然，"而且老虎也不吃草。"

"我可不是一棵草，" 花兒低聲回答。

"原諒我⋯⋯"

"我才一點兒不怕老虎呢，可是風叫我討厭。你沒有屏風嗎？"

"見了風討厭⋯⋯一株植物像這個樣，那是沒治了，" 小王子早已看在眼裡，"這朵花太鬼了⋯⋯"

"晚上，您把我放在罩子底下。您這裡太冷，住不慣。我來的那個地方……"

但她沒說下去。她是從種子來的，不可能在其他世界有什麼經歷。她撒的謊那麼幼稚，叫人抓住了又感到委屈，咳上兩三聲，反怪小王子的不是：

"屏風呢？……"

"我剛要去找，可是您跟我說上話了！"

這時，她故意咳得更響，存心要他不安。

小王子儘管滿腔熱情，也很快對她產生了懷疑。他把這些瑣言碎語看得過於認真，反招來許多煩惱。

"我不應該信她的話，"有一天他對我吐露，"花的話不應該信。花是供觀賞和嗅的。我的星球有了這朵花芳香撲鼻，但我不懂得應該為此高興。老虎爪子這事惹得我非常惱火，原本可以打動我的心……"

他還對我說：

"我那時一點兒不懂事！應該根據她的行動、不是言辭來評論她。她對我散發香味，使我充滿光明。我不應該一走了事！應該揣摩到她小小詭計後面隱藏的一片柔情。花有多麼矛盾！但我年紀太小，不懂得愛她。"

# 九

　　我相信他是乘候鳥的一次遷徙出走的。動身
那天早晨，他把星球收拾整齊，將活火山口仔細
疏通。他有兩座活火山，清晨熱早飯方便得很。
他還有一座死火山。但是正如他說的："以後的
事很難說！"把死火山口也同樣疏通一番。火山
口保持暢通，火山燃燒緩慢均勻，就不會引起噴
發。火山噴發如同煙囪冒火。當然，在我們的地
球上，我們太渺小了，沒法打掃火山。所以火山
給我們造成那麼多麻煩。

　　小王子也懷着憂鬱的心情拔掉最後幾株猴麵
包樹。他相信自己一走就不會回來了。但是這天
早晨，這些日常工作在他看來極其親切。最後一
次澆花，準備蓋上罩子的時候，他一陣心酸，發
覺自己想哭。

　　"分別啦，"他對花說。

　　但是她沒有回答。

　　"分別啦，"他又說了一遍。

花咳嗽一聲。不是因為她感冒。

"我以前真傻，" 她終於對他說，"我請你原諒。努力做個幸福的人吧！"

沒有一句責備的話，反使小王子感到意外。他站在那，窘態畢露，罩子舉在空中。他不懂這份脈脈溫情。

"是的，我愛你，" 花對他說，"你一點兒不知道，這是我的錯。再說也沒用了。但是你那時跟我一樣傻。努力做個幸福的人……把罩子放回去吧，我不需要。"

"但是風……"

"我不至於那麼容易感冒……夜間清新空氣對我有好處。我是一朵花。"

"但是動物……"

"我要是想跟蝴蝶交往，就應該讓兩三條毛蟲在我身上爬。我覺得這很美。要不誰來看望我呢？你嗎，又遠在天邊。大動物我一點兒不怕。我有爪子。"

她天真地伸出她的四根刺。接着又說：

"別磨蹭啦，這挺惱人的。你下決心走，那就走吧。"

因為她不願意小王子看到她哭。這是一朵驕傲的花兒……

# 十

他到過小行星 325 號、326 號、327 號、328 號、329 號和 330 號。訪問這些星球，首先要找事做，豐富知識。

第一顆星球上住着一位國王，穿白鼬皮紫緞長袍，端坐在十分簡樸肅然而威嚴的寶座上。

"啊！來了一個小百姓。"國王看到小王子，高聲大叫。

小王子心想：

"他從沒見過我，怎麼認出我來的？"

他不知道在國王的眼裡，世界最簡單不過了。所有的人莫不是他的臣民。

"過來，讓我仔細瞧瞧，"國王對他說，他終於做了某一個人的國王，神氣十足。

小王子用目光掃射了一下周圍，想找個座，可是星球表面被豪華的鼬皮長袍遮得不留一點空隙。他只好站着，累了打個哈欠。

"在國王駕前打哈欠，有違宮廷禮節。"國

王對他說，"我禁止你這樣做。"

"我控制不住，"小王子說時誠惶誠恐，"我從遠道來的，沒有睡……"

"那麼，"國王對他說，"我命令你打哈欠。我已經幾年沒有見人打哈欠了。我看打哈欠倒是樁新鮮事兒。行！再打。這是一道命令。"

"我緊張……我不能……"小王子臉憋得通紅。

"嗯！嗯！"國王回答，"那麼我……我命令你一會兒打，一會兒……"

他說話有點結巴，顯得很氣惱。

因為國王主要是關心他的權威能否受到尊重。他不容許違抗聖命。這是一個專制的君王。但是，他善良，下達一些合情合理的命令。

"我要是命令，"他講得非常流暢，"我要是命令一位將軍變成一隻海鳥，將軍不服從，這不是將軍的錯。這是我的錯。"

"我可以坐下嗎？"小王子膽怯地問。

"我命令你坐下，"國王回答，威嚴地撩了一下白鼬長袍的下襬。

但是小王子奇怪。這顆星球又狹又小。國王

能夠統治什麼？

「陛下……」他說，「原諒我向您提個問題……」

「我命令你向我提個問題，」國王急忙說。

「陛下，……您統治什麼？」

「統治一切，」國王的回答乾脆極了。

「一切？」

國王含蓄地指指自己的星球、其他星球、其他星辰。

「所有這一切？」小王子說。

「所有這一切……」國王回答。

他不但是個專制的君主，還是個宇宙的君王。

「星辰聽從您嗎？」

「當然，」國王對他說，「我命令它們立即照辦。我不容許紀律鬆弛。」

這麼一種權力叫小王子讚歎不止。他自己若有這種權力，可以在同一天內欣賞不是四十四次，而是七十二次，甚至一百次，甚至二百次太陽下山。而且不用移動椅子！他想起自己遺棄的小星球，感到有點傷心，大膽要求國王賜恩：

"我想看一次太陽下山……懇請王上……命令太陽落下去……"

"要是我命令一位將軍摹仿蝴蝶在花叢中飛來飛去，或者寫一部悲劇，或者變成一隻海鳥，將軍不受君命，錯的是他還是我？"

"是您，"小王子肯定地說。

"不錯。不能強人所難，"國王說，"權威首先要建立在理性上。要是你命令你的百姓去跳海，他們就會掀起革命。我的命令合情合理，才有權利要人家服從。"

"那麼，我的太陽下山呢？"小王子重提了一句，他一旦提出一個問題，從來不會忘記追問到底的。

"你的太陽下山，你會看到的。我要求照辦不誤。但是我要領導有方，就必須等待條件成熟。"

"那什麼時候呢？"小王子還問。

"嗯！嗯！"國王回答，"先查詢一本大日曆，嗯！嗯！那是，將近……將近……今晚七時四十分左右！你會看到我如何令出必行。"

小王子打個哈欠。他惋惜他的太陽下山要吹

了。而且已感到有點兒無聊，他對國王說：

"我在這裡沒事可幹。我要走了！"

"別走，"國王說，他有了一個臣民很自負，"別走，我封你做大臣！"

"什麼大臣？"

"司……司法大臣！"

"但是沒人可以……審判啊！"

"那也沒準，"國王對他說，"我還沒有巡視過我的王國哩。我很老了，也沒有地方停馬車，一走路我就累。"

"喔！我可是看過了，"小王子說。俯下身朝星球的另一邊又看上一眼。"那邊也沒人……"

"那你就審判你自己吧，"國王回答他說，"這最難。審判自己比審判別人難得多。你能審判自己，說明你是一個真正的賢人。"

"我，"小王子說，"我在哪兒都能審判自己。我不需要住在這裡。"

"嗯！嗯！"國王說，"我相信在我星球的某個地方有一隻老耗子。我在夜裡聽到的。你可以審判這隻老耗子。你隔一段時間判牠死刑。這樣牠的生命取決於你的裁決。但是，你每次都赦免牠，把牠省下來。因為只此一個。"

"判死刑，" 小王子說，"這不是我的愛好。我想我還是走吧。"

"不行，" 國王說。

但是，小王子已經整裝待發，還不願叫老國王難過：

"陛下希望令出必行，一刻不誤，那就請下達一條合情合理的命令。命令我 —— 比如說 —— 在一分鐘內離開。我覺得條件是成熟的……"

國王一言不發，小王子先遲疑了一下，接着歎口氣，啟程走了。

"我派你去當大使，" 國王忙不迭地大叫。

他的外表威嚴堂堂。

"大人真是怪，" 小王子一路上自言自語。

# 十一

第二顆星球上住着一個愛虛榮的人。

"啊！啊！一位崇拜者來訪啦！"愛虛榮的人一見小王子就遠遠喊了起來。

因為，在愛虛榮的人看來，其他人都是他的崇拜者。

"您好，"小王子說，"您的帽子真怪。"

"這是敬禮用的，"愛虛榮的人說，"人家向我歡呼時，我敬禮用的。可惜，這裡沒人來。"

"什麼？"小王子沒有聽懂。

"拿你的兩手對拍，"愛虛榮的人建議。

小王子拿兩手對拍。愛虛榮的人舉起帽子謙遜地敬禮。

"這比訪問國王有趣。"小王子想。

他又開始拿兩手對拍。愛虛榮的人又舉帽子敬禮。

鞠躬如儀五分鐘後，小王子厭倦了這種單調的遊戲。他說：

“要你放下帽子應該怎麼樣做？”

但是愛虛榮的人充耳不聞。愛虛榮的人聽見的只是一片讚揚聲。

“你對我真的崇拜之至嗎？”他問小王子。

“什麼叫‘崇拜’？”

“‘崇拜’就是承認我是星球上長相最俊、衣着最美、家財最富、頭腦最靈的人。”

“但是你的星球上只有你一個人啊！”

“請勿推辭。依然崇拜我吧！”

“我崇拜你，”小王子微微聳肩，“這在你又有什麼可以樂的呢？”

小王子走了。

“大人真是怪得沒治，”他一路上只是對自己這麼說。

# 十二

　　下一顆星球上住着一個酒鬼。這次訪問的時間很短，卻使小王子悶悶不樂了很久。

　　"你在這裡做什麼？" 他看到酒鬼一聲不吱地坐着，面前放着一堆空瓶，一堆滿瓶。

　　"我喝酒，" 酒鬼哭喪着臉回答。

　　"你為什麼喝酒？" 小王子問。

　　"為了忘記。" 酒鬼回答。

　　"忘記什麼？" 小王子問，已經可憐他了。

　　"忘記自己難為情。" 酒鬼低下頭承認不諱。

　　"難為情什麼？" 小王子還問，想幫助他。

　　"難為情喝上了酒！" 酒鬼說完，再也不吭聲了。

　　小王子走開，困惑不解。

　　"大人真是怪得太沒治了，" 他一路上自言自語。

# 十三

第四顆星球是一個商人的星球。在小王子到達時，這個人忙得沒時間抬起頭。

"您好，"小王子對他說，"您的香煙滅了"。

"二加三是五。五加七，十二。十二加三，十五。你好。十五加七，二十二。二十二加六，二十八。沒時間點煙。二十六加五，三十一。喔唷！總數五億零一百六十二萬二千七百三十一。"

"五億個什麼？"

"嗯？你還沒走？五億零一百……我也弄不清了……我那麼多工作！我是個正經人，我，不愛把說廢話當玩兒！五加二，七……"

"五億零一百萬個什麼？"小王子又問，他一旦提出一個問題，從不輕易放過。

商人抬起頭：

"我住在這顆星球上五十四年，只有三回遭到打擾。第一回是二十二年前，天知道從哪兒掉下一隻金龜子。轟隆一聲，我加法中出了四個錯。第二回是十一年前，患關節炎。我缺乏鍛鍊。我沒工夫閒逛。我是個正經人。第三回……就是這一回！我那時說的是五億零一百萬……"

"是什麼？"

商人知道他別指望有安寧的日子了：

"有時在天空看到的東西。"

"蒼蠅？"

"不，發亮的小東西。"

"蜜蜂？"

"不。叫閒人想入非非的金色小東西。但是我是個正經人！我沒工夫想入非非。"

"啊！星星？"

"就是這個。星星。"

"你拿五億顆星星做什麼用？"

"五億零一百六十二萬二千七百三十一顆。我是個正經人，講究精確無誤。"

"你拿星星做什麼用？"

"我做什麼用？"

"是啊。"

"什麼都不做。我就是佔有。"

"你佔有星星？"

"是的。"

"但是我見過一位國王，他……"

"國王不佔有。他們'統治'。不大相同。"

"你佔有星星又怎麼樣呢？"

"我就富了。"

"富了又怎麼樣？"

"我買進別的星星，要是有人找到的話。"

"這個人，"小王子對自己說，"想問題有點像我見過的那個酒鬼。"

可是他還要提問題:

"怎樣才能佔有星星?"

"它們屬於誰?" 商人惡聲惡氣地反問了一句。

"我不知道。它們不屬於誰。"

"那就是屬於我,因為我是第一個想到的。"

"想到就可以啦?"

"當然。你發現一顆誰都不屬於的鑽石,這顆鑽石就屬於你了。你發現一座誰都不屬於的島嶼,這座島嶼就屬於你了。你有了一個想法,就可以申請專利:想法屬於你的。我佔有星星,因為在我以前沒有人想到去佔有它們。"

"這倒是真的," 小王子說," 你佔有了做什麼用?"

"我經營。我數上一遍,再數一遍," 商人說。"這是件難事。但我是個正經人!"

小王子還不罷休:

"我佔有一條圍巾,把它圍在脖子上,帶着走。

我佔有一朵花,能把它摘下,帶着走。你總

不能把星星也摘下來吧！」

「不能，但我可以把它們存入銀行。」

「這是怎麼一回事？」

「就是說，我把我的星星數目記在一張紙上。然後把這張紙鎖在抽屜裡。」

「沒別的了？」

「齊啦！」

「這好玩，」小王子想，「挺有詩意。但算不上很正經。」

關於正經事，小王子跟大人的想法很不一樣。

「我嗎，」他還這樣說，「我佔有一朵花，天天給它澆水。我佔有三座火山，每星期給它們打掃。我也打掃那座死火山。以後的事難說。我佔有了火山和花，對我的火山和花做有益的事。但是你對星星做不出有益的事。」

商人張口結舌，找不出話回答，小王子走了。

「大人真是太離譜了，」他一路上只是自言自語說這句話。

# 十四

　　第五顆星球非常奇特。是羣星中最小的一顆。面積僅夠容納一盞路燈和一個點燈人。小王子無法解釋，茫茫太空中，一個沒有房屋、沒有居民的星球上，一盞路燈和一個點燈人幹什麼用。可是他心裡對自己說："可能這個人的行為荒謬。可是決不會比國王、愛虛榮的人、商人、酒鬼更荒謬。至少他的工作有一種意義。他把燈點着，好比添上了一顆星或一朵花。他把燈熄滅，是讓花朵或星星睡覺。這是一件很美的工作。這才是真正有益的，因為它美。"

　　走近星球時，他向點燈人恭恭敬敬地行了個禮：

　　"你好。你剛才怎麼把燈熄了？"

　　"這是規定，"點燈人回答，"早晨好。"

　　"什麼規定？"

　　"熄燈的規定，晚上好，"他點上燈。

　　"但是你剛才怎麼又把燈點着了？"

"這是規定，" 點燈人回答。

"我不懂，" 小王子說。

"沒什麼要懂的，" 點燈人說。"規定就是規定。早晨好。"

他把他的路燈又熄了。

然後用一塊紅方格手絹擦額上的汗水。

"我的工作真是不堪忍受。從前，幹這工作按部就班。早晨熄，晚上點。白天的其餘時間我休息，晚上的其餘時間我睡覺……"

"後來規定變了？"

"規定沒變，" 點燈人說。"問題就出在這裡！星球一年比一年轉得快，規定還是沒變！"

"又怎麼樣呢？" 小王子說。

"現在每分鐘轉一圈，我連一秒鐘的休息時間也沒有。每分鐘要熄一次，點一次！"

"沒這回事吧！你這裡一天只有一分鐘！"

"怎麼沒這回事，" 點燈人說。" 我們已經聊了一個月啦。"

"一個月？"

"一個月。三十分鐘。三十天！晚上好。"

他點燃他的路燈。

小王子望了他一眼，愛上了這個點燈人，他多麼忠誠地執行規定。他想起，從前他移動椅子就可趕上太陽下山。他願意幫助他的朋友。

"你知道……我有一個辦法，能使你要休息就休息……"

"我正求之不得，"點燈人說。

因為這樣使人既可忠於職守，又可偷懶。

小王子接着說：

"你的星球那麼小，跨三步就可繞一圈。你走得慢，太陽始終在你頭上。你要休息你就走……你要白天多長就有多長。"

"我佔不了便宜，"點燈人說，"生活中我愛的是睡覺。"

"那太不巧了，"小王子說。

"太不巧了，"點燈人說，"早晨好。"

他熄了他的路燈。

"這個人，"小王子趕了一段路，自言自語，"這個人會被其他人—國王、愛虛榮的人、酒鬼、商人—瞧不起。可是依我看，只有他還不可笑。可能是因為他顧到的不是他自己。"

他哀歎一聲，還想：

“那人是惟一可以做我朋友的人。但是他的星球實在太小了，擱不下兩個人……”

小王子不敢承認的是，這顆得天獨厚的星球他捨不得，主要是因為二十四小時內有一千四百四十次太陽落山！

# 十五

第六顆星球要比上一顆大十倍，住着一位寫大部頭著作的老先生。

"咦！來了一位探險家！"他看見小王子，叫了起來。

小王子坐到桌前，有點氣喘。他趕了那麼多路！

"你從哪兒來？"老先生對他說。

"這是一本什麼大書？"小王子說，"您在這裡做什麼？"

"我是地理學家，"老先生說。

"什麼叫'地理學家'？"

"一位學者，知道哪裡有海洋、河流、城市、山和沙漠。"

"很有意思，"小王子說。"這總算是一椿真正的工作！"他在地理學家的星球上東張西望。他還沒見過那麼氣象崢嶸的星球呢。

"您的星球真美。這裡有海嗎？"

"我沒法知道，"地理學家說。

"啊！"小王子掃了興，"山呢？"

"我沒法知道，"地理學家說。

"城市、河流、沙漠呢？"

"我都沒法知道，"地理學家說。

"您還是個地理學家哩！"

"一點不錯，"地理學家說，"但我不是勘探工作者。我就是需要勘探工作者。地理學家計算城市、河流、山脈、海洋和沙漠的數目。地理學家太重要了，不能到處去逛。他離不開自己的辦公室。但是他在辦公室接待勘探工作者，詢問他們，記述他們的回憶。要是其中一位的回憶引起他的興趣，地理學家就叫人調查他的品德。"

"那幹嗎？"

"不說實話的勘探工作者會給地理書造成災難。還有酒喝多了的也會。"

"怎麼會？"小王子說。

"醉漢看到的東西是重疊的。那樣，原本一座山的地方，地理學家會標上兩座山。"

"我認識一個人，"小王子說，"他成不了合格的勘探工作者。"

"這很可能。當勘探工作者的品德證實不錯時，就調查他的發現。"

"到原地調查？"

"不。這太複雜了。但要勘探工作者提供證據。比如發現了一座山，就要求他帶回幾塊大石頭。"

地理學家突然興奮起來：

"你從遠方來的！你是勘探工作者！給我談談你的那顆星球！"

地理學家打開地輿筆記，削尖他的鉛筆。勘探工作者的口述先用鉛筆記錄。等待勘探工作者提供證據後，再用鋼筆謄寫。

　　"談吧？"地理學家問。

　　"哦！我的家，"小王子說，"不怎麼有趣，一丁點兒大。我有三座大山。兩座活火山，一座死火山。但是以後的事難說。"

　　"以後的事難說，"地理學家說。

　　"我還有一朵花。"

　　"花我們不編錄的，"地理學家說。

　　"為什麼不編？它最美了！"

　　"因為花瞬息即逝。"

　　"什麼叫'瞬息即逝'？"

「地理書，」地理學家說，「是一切書籍中最珍貴的書籍。永遠不會受時代的淘汰。山脈移位是極罕見的。海洋乾涸也是極罕見的。我們只寫千古不變的東西。」

「但是死火山可能會復甦，」小王子說。「什麼叫‘瞬息即逝’？」

「火山不論死了還是復甦，對我們是一回事，」地理學家說。「對我們重要的是山。山不會變。」

「但是什麼叫‘瞬息即逝’？」小王子又說了一句，他一旦提出一個問題，向來要追問到底。

「意思是‘瀕臨滅絕的威脅’。」

「我的花也瀕臨滅絕的威脅嗎？」

「當然。」

「我的花會瞬息即逝，」小王子自言自語，「她只有四根刺保護自己對付世界！而我還把她孤零零地撂在家裡！」

這是他頭一回感到悔恨。但是他還是鼓起勇氣問：

「您說我還可以上哪兒訪問？」

"地球，" 地理學家回答，"地球遐邇聞名。
……"

小王子走了，惦念他的花。

# 十六

第七顆星球才是地球。

地球可是個不同凡響的星球！地球上有一百一十一位國王（當然沒有忘記算上黑人國王），七千位地理學家，九十萬個商人，七百五十萬個酒鬼，三億一千一百萬個愛虛榮的人，也就是說差不多二十億個大人。

為了讓你們對地球的面積有個概念，我對你們說，電發明以前，六大洲上需要維持一支四十六萬二千五百一十一個點燈人組成的真正大軍。

從遠處眺望，雄偉壯麗。這支軍隊的動作像芭蕾舞劇一樣井然有序。首先上場的是新西蘭、澳大利亞的點燈人。這些人點燃路燈以後就去睡覺了。於是，輪到中國和西伯利亞的點燈人加入行列，接着他們也潛入後台。於是，輪到俄羅斯和印度的點燈人。然後是非洲和歐洲的。然後是南美洲的。然後再是北美洲的。他們進場的順序從來不亂。真是浩浩蕩蕩。

　　只有北極一盞路燈的點燈人和他在南極一盞路燈的同行，過着悠閒懶散的生活：他們一年工作兩次。

# 十七

　　一個人想賣弄聰明，說話總摻點兒假。我跟你們談到點燈人時，也不是很老實的。我擔心給沒見過我們星球的人造成一種假象。人在地球上佔的位置很小。散居在地球上的二十億居民，要是羣眾大會上挨在一塊兒站着，可以鬆快地待在二十英里見方的一片廣場上。太平洋中最小的島嶼也堆得下全人類。

　　大人當然不會信你們的話。他們滿以為自己佔很多位置，把自己看成是猴麵包樹一樣的龐然大物。那就勸他們算一算。他們崇拜數字，提到算他們就來勁了。但是，你們別把時間花在這種麻煩事上。純屬多餘。你們要相信我。

　　小王子踏上地球，看不到一個人影，大為驚異。他正怕走錯了星球，這時一個月白色圓環在沙地上蠕動。

　　"晚上好，" 小王子叫了一聲。

　　"晚上好，" 蛇說。

"我落在哪個星球上啦？"小王子問。

"地球。在非洲。"蛇回答。

"啊！……地球上不住人嗎？"

"這裡是沙漠。沙漠中沒有人。地球很大。"
蛇說。

小王子在一塊石頭上坐下，舉目觀望天
空，說：

"我想，星星亮晶晶的，是不是讓每個人有
一天找到自己的那顆。瞧我的那顆星球，正在我
的頭頂上……但是多遠哪！"

“它美，”蛇說，“你來這裡做什麼？”

“我跟一朵花鬧上了彆扭，”小王子說。

“啊！”蛇說。

他們都不說話。

“人在哪裡？”小王子終於又說，“在沙漠中有點孤獨⋯⋯”

“跟人一起也孤獨。”蛇說。

小王子望了他半天，最後對他說：

“你是個奇異的動物，才手指那麼粗⋯⋯”

“但我比國王的手指還強大，”蛇說。

小王子笑了一笑：

“你並不強大⋯⋯你腳掌也沒有⋯⋯你不能走遠路。”

“我比船還能送你上遠路，”蛇說。

他盤在小王子的踝骨上，像根金鐲子。又說：

“我碰上誰，就可把誰打發到來的路上去。但是你純潔，你是從星上來的⋯⋯”

小王子沒有回答。

“你那麼嬌弱，來到這花崗岩的地球上，叫我動了惻隱之心。有一天你實在想念自己的星球，我可以幫助你。我可以……"

　　"哦！我全明白，" 小王子說，"但是你說話怎麼老像謎語似的？"

　　"謎底我個個能解，" 蛇說。

　　他們都不說話了。

# 十八

　　小王子穿過沙漠，只遇到一朵花。一朵微不足道的花，只有三枚花瓣。……

　　"你好。"小王子說。

　　"你好。"花說。

　　"人在哪裡？"小王子彬彬有禮地問。

　　花有一天見到一羣駱駝隊走過：

"人？我相信有那麼六七個。看見也有幾個年頭了。但是誰也不知往哪裡去找。他們隨風飄零。他們沒根，這使他們受了不少苦。"

　　"別了。"小王子說。

　　"別了。"花說。

# 十九

　　小王子登上一座高山。他以前僅見過三座膝蓋一般高的火山。把死火山當凳子使用。"站在這麼一座高山上，"他自言自語，"我一眼可以看到整個星球和所有的人……"但是他看到的只是峻峭的山峰。

　　"你們好，"他隨便喊了一聲。

　　"你們好……你們好……你們好……"回聲答應說。

　　"你們是誰？"小王子說。

　　"你們是誰……你們是誰……你們是誰……"回聲答應說。

　　"做我的朋友吧，我是一個人。"他說。

　　"我是一個人……我是一個人……我是一個人……"回聲答應說。

　　"多麼奇怪的星球！"他接着想，"到處乾巴巴的，峻峭的，帶鹹腥味兒的。人缺乏想像力。人家說什麼，他們說什麼……我家裡的一朵花，她總是第一個開口……"

# 二十

　　小王子在沙漠、山嶺、雪地中長途跋涉後，終於發現一條路。條條路都是通向人的。

　　"你們好。" 他說。

　　這是一座盛開的玫瑰園。

　　"你好。" 玫瑰花說。

　　小王子望了一眼。她們無一不跟他的那朵相像。他吃了一驚，問她們：

　　"你們是誰？"

　　"我們是玫瑰花。" 玫瑰花說。

　　"啊！" 小王子說⋯⋯

　　他非常傷心。他的花對他說過，宇宙中僅有她一朵。然而，這裡，單是一座花園裡，就有五千來朵，朵朵相像！

　　"她要是看到這個景象，" 他自言自語，"又要火光了⋯⋯ 又要咳個不停，尋死覓活地給自己遮羞。我又得假裝體貼。因為，要不然，為了出我的醜，她真會讓自己死去的⋯⋯"

他還對自己說："我以為有一朵獨一無二的花，很滿足，其實只是一朵普通的玫瑰花。這個，加上三座膝蓋一般高的火山，其中一座很可能永遠噴不出火，我成不了一位偉大的王子……"他伏在草地上嗚嗚哭了。

# 二十一

這時候，出現了一隻狐狸。

"你好。" 狐狸說。

"你好。" 小王子彬彬有禮地回答。他轉過身，但什麼也沒看見。

"我在這裡。" 聲音說。"蘋果樹下……"

"你是誰？" 小王子說。"你真漂亮……"

"我是狐狸。" 狐狸說。

"來跟我玩吧。" 小王子向他提出，"我很傷心……"

"我不能跟你玩，" 狐狸說，"我沒經過馴養。"

"啊！對不起，" 小王子說。

但是，想了一想，又說：

"什麼叫'馴養'？"

"你不是本地人？" 狐狸說，"你在找什麼？"

"我在找人。" 小王子說，" 什麼叫'馴養＇？”

　　“那些人，” 狐狸說：“他們有槍，他們打獵。討厭極了！他們也養雞，這使他們還有點兒意思。你在找雞嗎？”

　　“不，”小王子說，“我在找朋友。什麼叫 ‘馴養＇？”

　　“這件事記得的人不多了，” 狐狸說，“意思是：‘建立感情聯繫＇……”

　　“建立感情聯繫？”

　　“不錯，” 狐狸說。“你對我不過是一個男孩子，跟成千上萬個男孩子毫無兩樣。我不需要你。你也不需要我。我對你不過是一隻狐狸，跟

成千上萬隻狐狸毫無兩樣。但是，你要是馴養我，咱們倆就會相互需要。你對我是世上惟一的。我對你也是世上惟一的⋯⋯」

「我開始懂了，」小王子說。「有一朵花⋯⋯我相信她把我馴養了⋯⋯」

「這可能，」狐狸說。「地球上形形色色的事都有⋯⋯」

「喔！這不是在地球上。」小王子說。

狐狸不勝詫異：

「在另一顆星球？」

「是的。」

「那個星球有獵人嗎？」

「沒有。」

「哈，這有意思！雞呢？」

「沒有。」

「天下沒有十全十美的事。」狐狸歎口氣。

但是狐狸又回到原來的想法：

「我的生活單調枯燥。我追雞，人追我。所有的雞都是相像的，所有的人也是相像的。我有點厭了。但是，你馴養我，我的生活會充滿陽光。我聽得出某個腳步聲跟別的腳步聲不一樣。

別的腳步聲叫我鑽入地下。你的腳步聲好比音樂，引我走出洞穴。還有，你看！那邊的麥田，你看見了嗎？我不吃麵包。麥子對我是沒有用的。麥田引不起我的遐想。這很不幸！但是你有金黃色的頭髮。你馴養我後，事情就妙了！麥子，黃澄澄的，會使我想起你。我會喜歡風吹麥田的聲音……"

　　狐狸沒有說下去，對小王子瞧了好久，又說：

"請你……馴養我吧！"

"我願意，"小王子回答，"但是我的時間不多。我要找幾個朋友，瞭解許多東西。"

"人只能瞭解自己馴養的東西，"狐狸說。"現在那些人再也沒有時間去瞭解什麼啦。他們要東西，都往商店去買現成的。可是哪兒也沒有供應朋友的商店！人也就得不到朋友。你要朋友，就請馴養我吧！"

"怎樣馴養呢？"小王子說。

"這要非常耐心，"狐狸回答，"你先離我遠一點，像這樣，在草地坐下。我用眼梢瞅你，你一句話也別說。語言是誤會的源泉。但是，每天，你可以靠近一些坐……"

第二天，小王子又來了。

"最好在同一時間來，"狐狸說，"比如說，你在下午四點來，一到三點我就開始幸福了。時間愈近，我愈幸福。到了四點鐘，我已坐立不安；我發現了幸福的代價，你要是想什麼時間來就什麼時間來，我就不知道什麼時候裝扮我這顆心……儀式還是必要的。"

"什麼叫'儀式'？"小王子說。

"這件事記得的人也不多了，"狐狸說，"這就是使某一天不同於其他日子，某一鐘點不同於其他時間。比如說，獵人也有儀式。他們在星期四跟村裡的姑娘跳舞。星期四就成為一個美妙的日子！我一直走到葡萄園。要是獵人任何時間都可能跳舞，日子天天差不多，我就終年沒有閒了。"

就這樣小王子馴養了狐狸。離別的時刻近了：

"啊！……"狐狸說，"我會哭的。"

"這是你的不是了，"小王子說，"我不想要你難受，但是你要我馴養你……"

"不錯，"狐狸說。"可是你又要哭！"小王子說。

"不錯，"狐狸說。

"那又何苦來呢！"

"我不苦，"狐狸說，"有了麥子的顏色。"

接着又說：

"回去看玫瑰花。你會明白，你的那朵花是世上惟一的。你回來再跟我道別，我送你一個秘密作為禮物。

小王子回去看玫瑰花。對她們說：

"你們跟我的玫瑰花一點兒不像，你們還什麼都不是，誰也沒有馴養過你們，你們也沒有馴養過誰。你們跟我的狐狸以前一個樣。那時，他不過是同成千上萬隻狐狸毫無兩樣的一隻狐狸。但是，我跟他做了朋友，他現在是世上惟一的了。"

玫瑰花聽了發怔。

"你們漂亮，但是空的，"他還對她們說，"別人不會為你們去死。當然，我的那朵玫瑰花，一個普通的過路人也會以為她和你們一樣。但是，單是她一朵也比你們全體都寶貴，因為我給她澆過水。因為我給她蓋過罩子，因為我給她豎過屏風。因為我給她除過毛蟲（留下兩三條可以羽化成為蝴蝶）。因為我聽過她的埋怨、她的吹噓、有時甚至她的沉默。因為這是我的玫瑰花。"

他又去找狐狸，說：

"分別了……"

"分別了，"狐狸說，"我的秘密是這樣。很簡單：用心去看才看得清楚。本質的東西眼睛是

看不見的。"

"本質的東西眼睛是看不見的,"為了記住,小王子跟着唸。

"你為你的玫瑰花花費了時間,才使你的玫瑰花變得那麼重要。"

"你為你的玫瑰花花費了時間,才使你的玫瑰花變得那麼重要。"

"這條真理已經被人忘了,"狐狸說,"但是你不應該忘。對你馴養的東西你要永遠負責。你必須對你的玫瑰花負責……"

"我對我的玫瑰花負責……"為了記住，小王子跟着唸。

# 二十二

"你好。"小王子說。

"你好。"扳道工說。

"你在這裡做什麼？"小王子說。

"我給旅客分類，一千人一撥，"扳道工說。
"載旅客的火車由我調度，有時往右，有時往
左。"

一列燈光明亮的快車開來，轟隆隆，震得扳
道機艙直哆嗦。

"他們匆匆忙忙。在找什麼？"小王子說。

"車頭上的人自己也不知道，"扳道工說。

另一列燈光明亮的快車從相反的方向開來，
轟隆隆。

"他們回來了？"小王子問。

"不是剛才那些人，"扳道工說。"這是對開
的車。"

"他們對自己待的地方不滿意？"

"人對自己待的地方永遠不會滿意。"扳道

工說。

第三列燈光明亮的快車也轟隆隆響了。

"他們在追第一批旅客？"小王子說。

"他們什麼也不追，"扳道工說。"他們在車廂裡不是睡覺，便是打哈欠。只有孩子把鼻子貼在玻璃窗上張望。"

"只有孩子知道自己在尋找什麼，"小王子說。

"他們花時間跟一個布娃娃玩，布娃娃變得非常重要，給人搶走他們就哭……"

"他們是幸運兒。"扳道工說。

# 二十三

"你好。"小王子說。

"你好。"一個商販說。

他販賣改良的解渴藥，每週吞服一丸，就不需要再喝水。

"你為什麼賣這樣的藥？"小王子說。

"服了可節省大量時間，"商販說，"專家做過統計，一星期可節省五十三分鐘。"

"省下這五十三分鐘幹什麼用？"

"愛幹什麼幹什麼……"

小王子自言自語："要是我省下五十三分鐘，我就悠閒自得地朝一口水井走去……"

# 二十四

　　我在沙漠中遇到故障，到了第八天。我一邊聽關於商販的故事，一邊喝下我儲存的最後一滴水。

　　"啊！" 我對小王子說，"你的這些回憶很動人，但是我的飛機還沒修好，我喝的東西也光了，我太幸福了，要是我能悠閒自得地朝一口水井走去！"

　　"我的狐狸朋友……" 他對我說。

　　"小朋友，別談你的狐狸啦！"

　　"為什麼？"

　　"人都快渴死啦……"

　　他聽不懂我講的道理，回答說：

　　"人有過一位朋友，即使日子不遠了，也值。我就很高興交上了一位狐狸朋友……"

　　"他對危險心中無數，" 我對自己說，"他一向不餓不渴。有點兒陽光就夠了……"

　　但是他瞧了我一眼，針對我的思想回答：

"我也渴……咱們找井去吧……"

我有氣無力地揮揮手，在沒有邊際的沙漠中漫無目的地找井，豈不是荒謬。不過，我們還是出發了。

我們默默地走了幾個小時，天黑了，星星開始發光。我因口渴，有點發燒，窺見這些星星，恍若身在夢中。小王子的話在我的記憶中跳舞。

"你也渴，真的嗎？"我問他。

但他不回答我的問題。只是說：

"水對心也是有用的……"

我不明白他的回答，但是我沒說……我知道不應該向他提問題。

他累了。坐下。我在他身邊坐下。一陣沉默後，他又說：

"星星美，是因為有了一朵看不見的花……"

我回答"當然"，便不聲不響地望着月光下的沙濤。

"沙漠很美。"他又說。

這話不假。我一直愛沙漠。坐在沙坵上。什麼也看不見。什麼也聽不見。可是有東西在一片寂靜中發光……

“沙漠所以美，” 小王子說，“是因為在某個地方

藏了一口水井……”

我驚訝的是我一下子懂得了黃沙中這道神秘的光芒。在我小時候，住在一幢古宅裡，傳說地下埋着寶藏。當然，沒人能夠找到，也可能根本沒人去找過。但是整幢房子有了一種魅力。我的房子在心靈深處藏了一個秘密……

“是的，” 我對小王子說，“不論房子、星星或沙漠，使它們美的東西是看不見的！”

“我很高興，” 他說，“你和我的狐狸看法一樣。”

小王子睡着了，我把他抱在懷裡，又上路了。我很動感情，像抱着一件脆弱的寶物。彷彿地球上再也沒有別的比他更脆弱了。我藉着月光望着這個蒼白的前額，這雙閉合的眼睛，這幾綹在風中搖曳的頭髮，我對自己說：“我看到的只是一具外 。主要的東西是看不見的……”

他微張的嘴唇露出一絲矇矓的微笑，我對自己說：“這位睡着的小王子所以那麼使我感動，

是他對一朵花的忠貞，即使他酣睡的時候，一朵玫瑰花的形象如一盞燈的火燄，在他心中閃光。」我把他想得更加脆弱了。燈需要周密保護，一陣風就可以把它吹滅……

　　這樣走着，黎明時，我發現了那口井。

# 二十五

"那些人，"小王子說，"他們蜷縮在快車車廂裡，但是不知道尋求什麼。於是焦躁不安，團團打轉⋯⋯"

他又說：

"這不值⋯⋯"

我們找到的那口井不像撒哈拉的井。撒哈拉的井只是在沙地上鑿個小洞。這口井像村子裡的井。但是前後左右沒有村子，我懷疑是在做夢。

"奇怪，"我對小王子說，"都是現成的：轆轤、水桶、繩子⋯⋯"

他笑了，抓住繩子，轉動轆轤。轆轤叫了，好似在風長睡醒來後一隻老風信雞的叫聲。

"你聽，"小王子說，"這口井給我們鬧醒了，它唱啦⋯⋯"

我不願他使力氣，對他說：

"還是我來吧，對你太沉了。"

我慢慢把水桶舉到井口，垂直往下放。耳邊

不停地響着轆轤的歌聲，在搖撼的水中，我看到太陽在搖撼。

"我渴望的就是這個水，"小王子說，"給我喝一口……"他尋求什麼我明白了！

我把水桶提到他嘴邊。他閉上眼睛喝，像過節日一般甜蜜。這水不止是一種生命的養料。那是星光下的趕路，轆轤的歌聲，我雙臂的力量使它誕生。它像一份禮物，使心感到温暖。在我小時候，聖誕樹的燈光，子夜彌撒的樂聲，微笑的甜蜜，才使我接受的聖誕禮物添上了光輝。

"你這裡的人，"小王子說，"在一座花園裡培植了五千朵玫瑰花……還找不到自己尋求的東西……"

"他們不會找到……"我回答。

"可是，他們尋求的東西可能就包含在一朵玫瑰花裡、少量水中……"

"肯定是這樣。"我回答。

小王子又說：

"但是眼睛是瞎的。應該用心去尋找。"

我喝過了。呼吸暢順了。日出時，沙的顏色像蜜。這蜜的顏色也叫我幸福。我為什麼還要難過呢……"

"你應該遵守諾言，"小王子輕輕地對我說，他又坐在我的身邊。

"什麼諾言？"

"你知道……給我的綿羊畫一隻嘴套……我要對這朵花負責！"

我從口袋裡取出畫稿。小王子看見畫稿，笑着說：

"你的猴麵包樹，有點像棵大白菜……"

"哦！"

我對自己畫的猴麵包樹還正得意哩！

"你的狐狸……耳朵……有點像角……太長了！"

他又笑了。

"你不公平，小朋友，我以前什麼也不會畫，除了剖視的和不剖視的蟒蛇。"

"哦！挺不錯啦，"他說。"孩子們懂得。"

我用鉛筆畫了一隻嘴套。給他時心情沉重：

"你有什麼打算我不知道……"

但是他不回答我。對我說：

"你知道，我落在地球上……明天是週年

……"

然後，靜了片刻，又說：

"我落在這裡附近……"

他臉紅了一紅。

再一次，不知為什麼，我感到一種奇異的憂傷。可是隨即想起一個問題：

"這麼說來，一星期前，我認識你的那天早晨，你像這個樣，孤零零的，在遠離人煙一千里的地方遊蕩，這不是偶然的？你是回到你降落的地點？"

小王子的臉又紅了。

我猶猶豫豫加上一句：

"是為了週年吧？……"

小王子的臉又紅了紅。他從不回答問題，但是，臉紅表示默認，不是嗎？"

"啊！" 我對他說，"我怕……"

可是他回答我：

"你現在應該工作。你應該帶着你的飛機離開。我在這裡等你。明天晚上再來吧……"

但是我不放心。我想起狐狸。如果讓人家馴養了，恐怕要落點兒眼淚……

# 二十六

　　井邊，是一堵年代久遠的殘垣斷壁。第二天晚上，工作後回到那裡，遠遠望見我的小王子坐在牆上，晃着兩條腿。我聽到他在說話：

　　"你真的不記得嗎？不完全是這裡！"

　　無疑另有一個聲音作了回答，因為他反駁說：

　　"沒錯！沒錯！日子是對的，但是地點不是這裡……"

　　我繼續朝牆走去。還是沒瞧見也沒聽見有什麼人。可是小王子又爭辯：

　　"……當然。你會看到沙上腳印是從那兒開始的。你在那邊等着我就行了。我今晚來。"

　　我離牆二十米，還是一無所見。

　　小王子停了半响，又說：

　　"你的毒液靈驗不靈驗？我痛苦的時間肯定不會長嗎？"

　　我站住了，心一揪，但是沒有聽懂意思。

"現在，走吧，"他說，"我要跳下地了。"

這時，我低下頭往牆腳看，嚇一跳！那裡，朝着小王子豎起頭的是三十秒內致人死命的那種黃蛇。我一邊搜口袋掏槍，一邊飛奔過去。但是蛇聽到我的腳步聲，身子在沙裡輕輕一滾，像然跌落的水柱，接着，發出一陣低微的金屬聲，從從容容鑽進了石縫。

我跑到牆前，恰好抱住我的寶貝王子，他像雪一樣蒼白。

"究竟怎麼一回事！你居然跟蛇說話！"

我解開他從不離身的金色圍巾，濕了濕他的太陽穴，給他喝了點水。現在我再也不敢向他問長問短了。他嚴肅地看我一眼，兩臂環抱我的脖子。我感到他的心，如同中彈瀕死的小鳥的心一樣，劇烈地跳動。他對我說：

"我很高興，機器的毛病你找到了，你可以回家了……"

"你怎麼知道的？"

我正是來告訴他，出乎一切意料，我的修理工作竟然成功了！

他沒有回答我的問題，但是說：

"我也是，今天回家……"

然後，鬱鬱不樂地：

"要遠得多……難得多……"

我感到不尋常的事要發生了。我把他當孩子似的摟在懷裡，可是我覺得他直往深淵下墜，我沒法拽住他……

他的目光嚴肅，落在很遠的地方。

"我有你的綿羊。我有綿羊住的箱子。我有嘴套……"

他苦笑了笑。我等了好久。感到他身上一點

點兒回暖：

"小朋友，你那時害怕了……"

他當然害怕！但是他溫柔地笑笑：

"今晚我更怕……"

又一次，這種天命難違的想法叫我周身冰冷。我明白，今後再也聽不到這笑聲會使我受不了。對我來說，他的笑聲猶如沙漠中的一口井。

"小朋友，我還要聽你笑……"

但是他對我說：

"今夜，一週年了。我的那顆星正好對準我去年降落的地點……"

"小朋友，蛇、約會、星星的故事，是場噩夢吧……"

但是，他沒有回答我的問題。對我說：

"主要的東西是看不見的……"

"不錯……"

"花，也是這麼回事。你若愛上了某個星球上的一朵花，夜間凝望天空有多美。每顆星都開上了花。"

"不錯……"

"水，也是這麼回事。你給我喝的水，用轆轤和繩子提的，咕嚕嚕像一首樂曲……你會記住的……甜在心裡……"

"不錯……"

"夜裡，你望星星。我的那顆太小了，我沒法指給你看在哪兒。還是這樣好。我的星對你來說是羣星中的一顆。那樣，每顆星你都愛望……它們都是你的朋友。我要給你一件禮物……"

他又笑了。

"啊！小朋友，小朋友，我喜歡聽的是這笑聲！"

「這恰是我要送你的禮物⋯⋯水，也將是這麼回事⋯⋯」

「你什麼意思？」

「人人都有星星，但又不完全相同。對旅途中的人，星星指引道路。對另一些人，星星只是幾團微光。對學者，星星是難題。對我的商人，星星是黃金。但所有這些星都是不出聲的。你有的星是別人沒有的⋯⋯」

「你什麼意思？」

「你夜裡望天空，因為其中一顆星上有了我，因為其中一顆星上有我在笑。對你來說，所有的星彷彿都在笑。你有會笑的星星！」

他又笑了。

「當你平靜了（人總會平靜的），你會高興交上了我。你永遠是我的朋友。你會想跟我一起笑。你有時打開窗子，像這樣，散散心⋯⋯你的朋友看到你望着天空笑，會很奇怪。那時，你告訴他們：『是的，我見了星星總是要笑！』他們以為你瘋了。是我給你耍了個惡作劇⋯⋯」

他又笑了。

「好比我給你的不是星星，是一串串會笑的

小鈴鐺……"

他又笑了。接着，他正色說：

"今夜……你知道……你不要來。"

"我不離開你。"

"我的神色不會好看……有點兒要死的樣子。像這個樣。不要來看，沒有必要。"

"我不離開你。"

但是他上了心事。

"我對你說這話……也由於蛇。別把你給咬了……蛇，心眼兒不好。沒事也會咬人……"

"我不離開你。"

但是又有什麼使他放了心:

"可也是,蛇咬第二口就沒毒了⋯⋯"

這天夜裡,他動身我沒有看見。他悄沒聲地偷偷先走了。我追上時,他步子又堅定又快。他只是淡淡地對我說:

"啊!你來了⋯⋯"

他握住我的手。但是,他又苦惱了:

"你不應該來。你會難過的。我樣子像死,這不是真的死⋯⋯"

我不說話。

"你要明白。這太遠了。我沒法帶了這個軀體走。這太沉了。"

我不說話。

"像蛻下一層舊的外 。蛻皮,沒什麼好傷心的⋯⋯"

我不說話。

他有點喪氣。但他又作了一次努力:

"你知道,這樣親。我以後也望星星。每顆星都成了一口帶銹轆轤的水井。每顆星都倒水給我喝⋯⋯"

我不說話。

"太有趣了！你有五億個小鈴鐺，我有五億口井……"

他說不下去了，因為他哭了……

"就是這裡。讓我一個人往前走一步……"

他坐下，因為他害怕。

他又說：

"你知道……我的那朵花……我要負責的！她那麼嬌弱！那麼幼稚。她只有四根小刺，保護自己對付全世界……"

我也坐下，因為我站不住了。他說：

"好……沒別的要說了……"

他還有點兒遲疑，然後站起身。走上前一步，我一步也動不了。

他的踝骨旁邊閃過一道黃光。霎時間他動也不動。沒有呼喊。他若一棵樹似的緩緩倒了下去。一點聲息沒有，因為遍地是沙。

# 二十七

現在，當然，已經六年過去了……我還沒對別人講起過這件事。跟我見過面的朋友看到我活着回來，十分高興。我很憂傷，但是我對他們說："是累了……"

現在，我多少平靜下來了。也就是說……還不完全平靜。不過我知道他回到了自己的星球，因為日出後我沒有找到他的軀體。這不是一具很沉重的軀體……我喜歡在夜裡聽星星。好像五億個小鈴鐺……

但還是發生了一件非同小可的事。給小王子畫的那隻嘴套，我忘了配一根皮帶！他決不能把套子繫上羊嘴。於是，我問自己："他的星球會發生什麼呢？"可能綿羊把花吃了……

一會兒，我對自己說："肯定不會！小王子每夜把花放進玻璃罩，嚴密監視他的綿羊……"於是，我幸福了。所有的星星都輕輕笑了。

一會兒，我對自己說："人難免疏忽，一次

就夠了！或是一天晚上他忘了玻璃罩，或是綿羊趁黑夜不聲不響溜出來……」於是，一個個小鈴鐺變成了一顆顆眼淚！……

真是個難解的謎。在某個虛無飄渺的地方，一朵玫瑰花被一頭咱們沒見過的綿羊吃了還是沒吃，宇宙中的一切對於愛小王子的你們，如同對於我，都會不一樣。

請仰望天空。問一聲自己：綿羊把玫瑰花吃了還是沒吃？你們會看到一切怎樣起變化……然而，竟沒有一個大人明白這件事有多麼重要！

這，在我看來，是世界上最美、也最淒涼的景色。上一頁跟它前一頁的景色是一樣的。我再畫上一遍，是為了引起你們注意。這裡，就是小王子在地球上出現，然後又消失的地方。有一天，你們若去非洲沙漠旅行，請仔細認一認這個景色，免得當面錯過了。你們若有機會經過那裡，我請求你們，不要匆匆離去，在這顆星下守候片刻。倘若有個孩子走到你們跟前，倘若他在笑，有一頭金髮，不回答人家提出的問題，你們就可猜到他是誰了。那時，勞駕你們！不要讓我老是這麼憂傷，趕快寫信告訴我：他回來了……